Lee Aucoin, *Directora creativa*
Jamey Acosta, *Editora principal*
Heidi Fiedler, *Editora*
Producido y diseñado por
Denise Ryan & Associates
Ilustraciones © Tom Bonson
Traducido por Santiago Ochoa
Rachelle Cracchiolo, *Editora comercial*

**Teacher Created Materials**
5301 Oceanus Drive
Huntington Beach, CA 92649-1030
http://www.tcmpub.com
**ISBN: 978-1-4807-4033-4**

Printed in Malaysia
THU001.50393

# ¿A dónde se fueron los dinosaurios?

Escrito por Sally Odgers
Ilustrado por Tom Bonson

Links y Budge estaban aprendiendo acerca de los planetas con su profesora.

—¿Hay dinosaurios como nosotros en otros planetas? —preguntó Budge.

Madame Thor meneó su cabeza enorme y con cuernos.

—No, Budge. Una vez, los dinosaurios vivieron en el planeta Tierra —dijo—. Pero desaparecieron hace mucho tiempo.

—Tal vez los humanos lucharon contra ellos —dijo Links.

—No había humanos en esa época —dijo madame Thor—. Los dinosaurios eran los seres más poderosos de la Tierra.

Links mordió algunas hojas de un árbol y las masticó. No estaba interesado en otros planetas.

Budge parecía preocupada.

—Si los dinosaurios terrestres eran poderosos, ¿por qué desaparecieron? —preguntó.

—Apuesto a que huyeron de los mamíferos —dijo Links. No le gustaban los mamíferos. Se movían muy rápido, y temía pisarlos.

—En esa época había pocos mamíferos en la Tierra —dijo madame Thor.

—¿Qué pasó entonces? —preguntó Budge—. ¿Todos se enfermaron?

—Veamos si podemos resolver el misterio —dijo madame Thor—. ¿Qué necesitan los dinosaurios?

—Comida —dijo Links, mordiendo otra rama—. Muchísima comida.

—No comemos tanto como tú, Links, pero sí, los dinosaurios necesitan mucha comida —dijo madame Thor—. ¿Qué comemos los dinosaurios?

—Comemos plantas verdes —dijo Budge—. Algunos comemos animales, pero esos animales comen plantas. Eso significa que todos necesitamos plantas.

—Muy bien —dijo madame Thor—. ¿Qué necesitan las plantas entonces?

—Agua y tierra —dijo Budge.

—¡Y luz solar! —dijo Links. Se sacó un pedazo de árbol de los dientes.

—¿Recuerdan esa enorme nube de cenizas que vimos cuando explotó la cima del volcán? Todas las plantas se volvieron pegajosas y amarillas. Habría sentido hambre si el sol no hubiera salido de nuevo —continuó Links.

Madame Thor no dijo nada.

—No habrá otro volcán, ¿verdad?
—preguntó Budge.

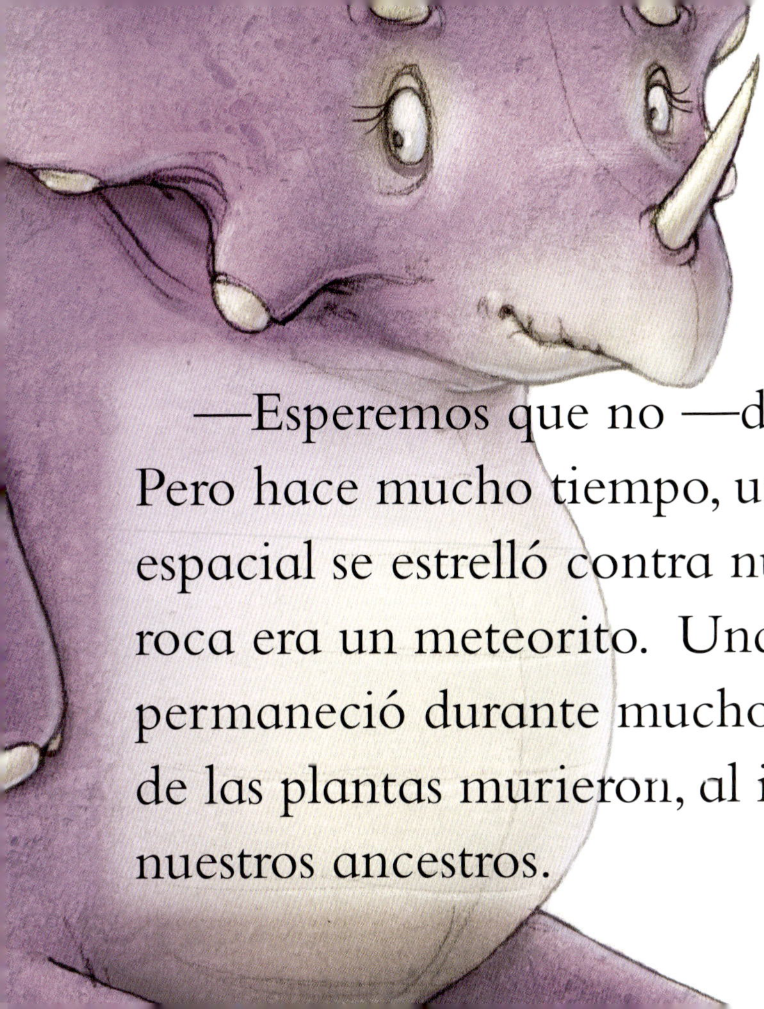

—Esperemos que no —dijo madame Thor—. Pero hace mucho tiempo, una enorme roca espacial se estrelló contra nuestro planeta. Esa roca era un meteorito. Una nube de polvo permaneció durante muchos años. La mayoría de las plantas murieron, al igual que muchos de nuestros ancestros.

Budge parecía triste. Y Links dejó de masticar árboles.

—Tal vez un meteorito aún más grande se estrelló contra la Tierra —dijo Budge—. Tal vez ninguno de los dinosaurios pudo encontrar comida —suspiró—. Pobres dinosaurios terrestres. Me alegra que no nos haya sucedido eso.

—A mí también —dijo Links. Y se comió otra rama, por si acaso.

# ¿A dónde se fueron los dinosaurios?

¿Qué hizo desaparecer a los dinosaurios

Read! Explore! Imagine!
Fiction Readers

Nivel 2.2
Número de palabras: 383
Correlaciones con el nivel de lectura:
Nivel de intervención temprana 17–18
Nivel de lectura guiada L
Nivel de DRA 20
Lexile® 510L

ISBN 978-1-4807-4033-4
50000
9 781480 740334

TCM 21033

# Viaje al centro de la Tierra

Escrito por Sally Odgers
Ilustrado por Mike Brownlow